P9-DFP-680

NORTH SARASOTA
PUBLIC LIBRARY
2801 NEWTOWN BLVD.
SARASOTA, FL 34234

La Asombrosa Graciela

3 1969 01933 1254

Primera edición en inglés en los Estados Unidos de América, 1991
por Dial Books for Young Readers

Publicado por Dial Books for Young Readers
Un miembro de Penguin Group (USA) Inc.
345 Hudson Street
Nueva York, Nueva York 10014

Derechos del texto © Mary Hoffman, 1991
Derechos de las ilustraciones © Caroline Binch, 1991
Reservados todos los derechos. Fabricado en China.

Título del original en inglés: *Amazing Grace,* por Mary Hoffman;
ilustraciones de Caroline Binch

Derechos de la traducción
© Dial Books for Young Readers,
Un miembro de Penguin Group (USA) Inc., 1996
10

Library of Congress Cataloging in Publication Data
Hoffman, Mary, 1945-
[Amazing Grace. Spanish]
La Asombrosa Graciela / Mary Hoffman; ilustraciones de Caroline Binch
p. cm.
Summary: Although a classmate says that she cannot play Peter Pan
in the school play because she is black and a girl, Grace discovers that
she can do anything she sets her mind to do.
ISBN 0-8037-1938-8
[1. Afro-Americans—Fiction. 2. Identity—Fiction. 3. Theater—Fiction.
4. Spanish language materials.] I. Binch, Caroline, ill. II. Title.
[PZ73.H63 1996] 95-14264 CIP AC

Edición en inglés disponible

La Asombrosa Graciela

NORTH SARASOTA
PUBLIC LIBRARY
2801 NEWTOWN BLVD.
SARASOTA, FL 34234

por Mary Hoffman
ilustraciones de Caroline Binch

Dial Books for Young Readers · Nueva York

A Graciela le encantaban los cuentos.

No le importaba si se los leían, si se los contaban o si ella misma los inventaba. No le importaba si los cuentos se encontraban en libros, en películas o si provenían de la gran memoria de Nana. A Graciela simplemente le gustaban los cuentos.

Después de escucharlos, y a veces mientras los escuchaba, Graciela los interpretaba. Y siempre se reservaba el mejor papel.

Graciela combatió representando a Juana de Arco...

y tejió una telaraña maligna, como la araña Anansi.

Se escondió en el caballo de madera a las puertas de Troya...

Se fue en busca de reinos perdidos...

Navegó los siete mares
con una pata de palo
y una cotorra.

Fue Hiawatha, sentado a la orilla del majestuoso Mar Grande...

y Mowgli, en la jungla del patio.

Más que nada, a Graciela le gustaba representar
historias de aventuras y cuentos de hadas. Cuando
no había nadie cerca, Graciela interpretaba todos
los papeles ella misma.

Se fue en busca de aventuras, sin más compañía
que su fiel gato, y encontró una ciudad con calles
pavimentadas de oro.

O era Aladino, frotando la lámpara mágica para
que apareciera el genio.

A veces lograba que su mamá y Nana participaran,
cuando no estaban muy ocupadas.

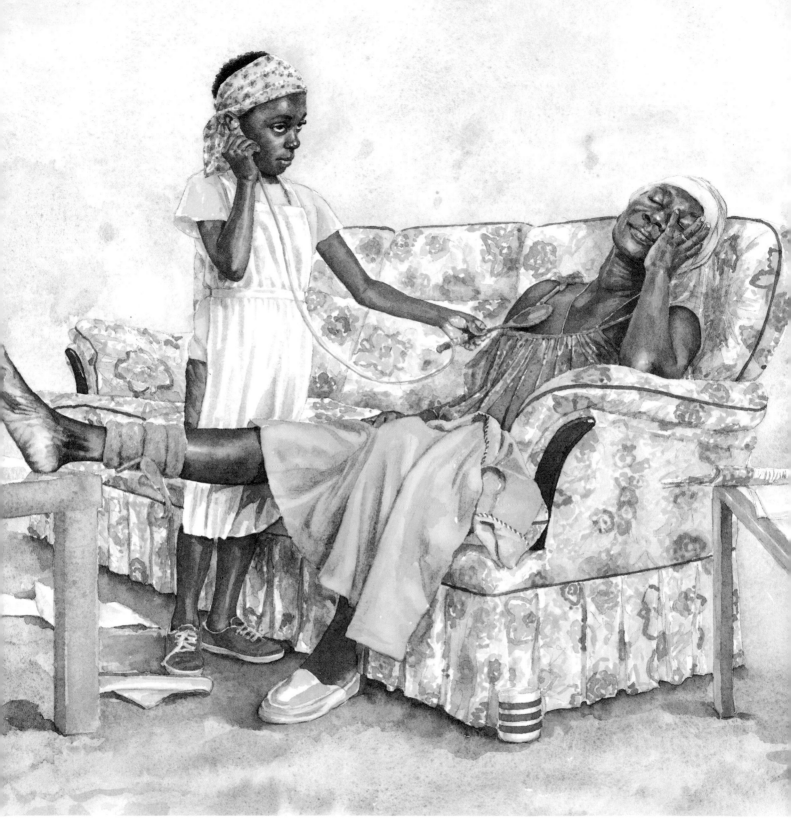

Entonces era la Doctora Graciela y sus vidas estaban
en manos de ella.

Un día la maestra de Graciela anunció que la clase iba a representar la obra *Peter Pan*. Graciela supo al instante qué papel quería hacer.

Cuando ella alzó la mano, Raj dijo: —Tú no puedes ser Peter Pan... es un nombre de niño.

Pero Graciela no bajó la mano.

—Tú no puedes ser Peter Pan —susurró Natalia—.
Él no es negro —Pero Graciela no bajó la mano.

   —Bueno —dijo la maestra—. Muchos de ustedes quieren
ser Peter Pan, así que tendremos una audición la semana
que viene para escoger los papeles —y les dio algunas
frases para que se las aprendieran de memoria.

ESTADO DEL TIEMPO

lunes	
martes	
miércoles	
jueves	
viernes	
sábado	
domingo	

Cuando Graciela llegó a
casa se veía triste.

—¿Qué te pasa? —le preguntó
su mamá.

—Raj dijo que yo no puedo
ser Peter Pan porque soy una
niña.

—Ese Raj no sabe nada —dijo
su mamá—. Una niña puede
ser Peter Pan si desea serlo.

Graciela se alegró, pero después recordó algo más.

—Natalia dice que no puedo ser Peter Pan porque
soy negra —dijo ella.

Su mamá se mostró enojada. Pero antes de que pudiera
hablar, Nana dijo: —Parece que Natalia es otra que no
sabe nada. Tú puedes ser lo que tú quieras, Graciela,
si te lo propones.

El sábado Nana le dijo a Graciela que
iban a salir. Por la tarde fueron en autobús
y en tren al centro de la ciudad. Nana
llevó a Graciela a un gran teatro. Afuera,
el cartel decía, con luces centelleantes:
ROSALÍA WILKINS en *Romeo y Julieta*.

—¿Vamos al ballet, Nana? —preguntó Graciela.

—Sí, querida, pero primero quiero que mires este cartel.

Graciela alzó la vista y vio a una hermosa y joven bailarina con un tutú. Sobre la bailarina decía: NUEVA Y MAGNÍFICA JULIETA.

—Esa es la pequeña Rosalía, de Trinidad, nuestro país
—dijo Nana—. Su abuelita y yo nos criamos juntas en la isla.
Ella siempre me pregunta si quiero boletos para ver
bailar a su Rosalía… y esta vez le dije que sí.

Después del ballet Graciela representó el papel de Julieta. Mientras bailaba por la habitación se imaginaba que tenía puesto un tutú. "Yo puedo ser lo que quiera", pensaba la niña.

El lunes la clase se reunió para probar a los aspirantes
y escoger al mejor para cada papel.

Cuando le llegó el turno de representar a Peter,
Graciela sabía exactamente lo que tenía que hacer y decir
en su papel… había sido Peter Pan todo el fin de semana.
Respiró hondo y se imaginó que volaba.

A la hora de votar, la clase eligió a Raj para el papel del
Capitán Garfio y a Natalia para el de Wendy. No había duda
de quién sería Peter Pan. *Todo el mundo* votó por Graciela.

—¡Estuviste estupenda! —le susurró Natalia.

La obra fue un gran éxito y Graciela fue una Peter Pan
maravillosa.

Después que todo terminó dijo: —¡Me siento como si
pudiera volar a casa!

—Probablemente podrías —dijo su mamá.

—Sí —dijo Nana—. Si Graciela se lo propone, puede hacer
lo que quiera.